SOUVENIRS,

Par A. H.

DEUXIÈME PARTIE.

PARIS.

CHEZ LES MARCHANDS DE NOUVEAUTÉS.

1835.

SOUVENIRS.

SOUVENIRS,

PAR A. H.

DEUXIÈME PARTIE.

PARIS.

CHEZ LES MARCHANDS DE NOUVEAUTÉS.

1835.

IMPRIMERIE DE JULES BERRIER, A ARGENTEUIL.

COUPLETS

SUR

e Château de St-Germain.

Air de Céline.

Est assoupie la paupière
Du plus grand Roi,
Et dont l'ame altière
Sut faire plier la loi.
Lavallière, à l'aimable visage,
Lui tendit la main.
Louis, plein de courage,
L'adora dans Saint-Germain.

Il avait l'ame d'un génie,
C'était l'homme fort ;
Il aimait femme jolie,
Au lieu d'aller devant la mort.

Son habitation royale
Était toute au plaisir ;
Son cœur exhale
De la gloire et du désir.

Un jour il a la tristesse,
Regardait Saint-Denis ;
Adieu son allégresse,
Et retourna à Paris.
Depuis ce lieu est aride,
S'ennuya le bosquet ;
Là, tout est vide,
S'en va l'aimable secret.

UNE JOURNÉE A VERSAILLES.

—

Air d'Adèle.

J'admire Versailles
Ses superbes eaux,
Les grandes tailles
Louis au blanc drapeau ;
Étonnantes ces cascades
Emblème de l'éternité !
Le peuple ses bravades,
Regarde d'un air hébété.

Voyez cette gerbe,
Qui se meut avec bruit ;
Elle mouille l'herbe,
Et l'on applaudit.
Là, celle de Latonne,
Plus loin, celle d'Apollon
Qui impérieusement tonne,
Enfin, c'est le dragon.

COUPLETS

SUR

Le Champagne.

—

Air de Justine.

Célébrons le Champagne,
Ce joyeux vin ;
L'aimabe compagne,
Et renfonçons le chagrin,
Que par nos coupes pétille,
L'heureux propos ;
Que la joie brille
Par beaucoup de bons mots.

Je sens la flamme,
Avec Bacchus,
Dis-moi quelle ame,
Pour sa belle Vénus,

Je crois que j'expire
De plaisir, de bonheur ;
Dieu ! comme je m'énivre,
Et vive le bonheur !

Moi, j'estime
Le vin, quand il est bon,
Dans mon ardeur sublime
Ça me rend polisson.
Je suis d'humeur agréable,
Près d'un minois,
Ça me rend aimable,
Dompté sous les lois.

COUPLETS

SUR

LE PRISONNIER ET LE PRINTEMPS.

—

·Chargé de chaînes
Est l'Italien,
Il y a passa bien des semaines ;
Par ordre de l'Autrichien,
Sous une peine infâmante,
Il fut en prison.
Là une loi saignante,
L'y mit par une fausse condamnation.

Joyeuse est la campagne,
Verdit le printemps ,
Du fond d'une montagne,
Seul, il regrette son jeune temps.
Dis-moi quel silence
Pour le prisonnier,
Son malheur commence,
Qui aurait pu l'oublier.

La nature, sa merveille
Ne voit plus Pellico ;
Pas un bruit à son oreille
Que de la prison l'écho.
Ensuite quand je considère,
Ce que souffrit le malheureux.
Quelle peine sévère ;
Quel supplice affreux.

Il osa en Italie
Chanter la liberté ;
Par l'Autriche asservie,
Il fut incarcéré.
La Sainte-Alliance
L'amena au Spilbet.
Fort de sa puissance,
A l'opprobre l'a couvert.

Le Vieux Grognard,

CHANSON PATRIOTIQUE.

—

Jadis la renommée,
De son clairon vainqueur,
Chanta la grande armée,
Et ses soldats de la valeur.
Est belle la bataille,
Au champ de l'étranger,
Où l'on vit plus d'une funéraille,
Où l'on y méprisa le danger.

En Espagne, en Italie,
Il planta ses drapeaux,
Napoléon, ce génie
Orna des jours bien beaux;

Ils ne virent la déroute
Ne furent pas défaits,
Toujours en bonne route ;
Il commandait des Français.

Voyez·vous ces braves
  Qui ne tournent pas le dos.
  Rompant leurs entraves,
  Et agissant en héros !
Suit l'ennemi dans la plaine,
Pas derrière, toujours devant,
S'élance le grand capitaine,
Chante et crie : en avant!!...

  Vaincu son ame altière
  Pour la première fois,
  La Russie, horde étrangère,
  Le soumit à ses lois.
  Des grognards, la vieille garde
  Versa une seule pleur,
  Sans qu' on la regarde,
  Commença notre malheur.

Je vois dans cette chaumière
Se réchauffer un vieillard
Est assise malheureuse mère
De Napoléon un débris, un grognard,
Son champ laboure,
En pensant tout bas
Que dans ces mêmes bravoures
Jadis il a montré des soldats.

Air : *d'Aristippe.*

Oui, vive les Sans-culottes,

Gamins de la révolution ;

Ayant des galonnées bottes ;

Et enfans de la passion.　　(*bis*)

Impétueux, tel l'onde,

Ils regorgent de butin ;

Dans leur rage　furibonde ,

Ils chantent un air républicain. *(bis)*

COUPLETS

SUR

Le Mal du Pays.

Air de la Marseillaise.

C'est beau l'amour de la patrie,
Ce cruel mal du pays
Qui abreuve la vie,
De bien des soucis.
Il faut une ame
Pour pouvoir la sentir,
Et quelle grande flamme,
Qui en cause le martyr ;
Du vrai patriotisme, elle tire son origine,
Les mortels omprennent les peines de l'exilé,
Il faut pour cela une harpe divine
Pour chanter les regrets d'un sol bien adoré.

La gloire est vaincue,
En Russie, le désert,
La face n'est pas abattue,
De déshonneur on l'a couvert.

Son glaive invincible,
Depuis est toujours vaincu,
A sa défaite, il fut sensible,
Car il eut trop de vertu.

Du vrai patriotisme, etc.

Ah, que l'on souffre
Dans ce neigeux endroit,
Que pour une tête de souffre
L'espace paraît étroit.
L'on sent la tristesse
Lorsque l'on est seul,
L'ame n'est sa maîtresse,
Que sera votre linceul.

Du vrai patriotisme, etc.

Il y a joie dans la vengeance,
Comme dans le bonheur,

S'élança la vengeance

Avec son œil d'imposteur.

Un roi qui pardonne,

Un despote qui le consent,

Tremblez pour votre personne,

De sang cela est teint.
Du vrai patriotisme, etc.

Couvert de boue, de gloire,

Le Czar, pour la première fois,

A Moscou, nous vola la victoire,

Ils tremblent ces petits rois.

Fut inventée la Sibérie

Par Alexandre, le Cid,

Là d'un crime on le purifie,

Par le très lâche exil.
Du vrai patriotisme, etc.

Tu es un lion féroce,

Belle française nation,

Russe, tel le molosse,

Tu y menas plus d'un beau nom,
Ils y souffrirent torture,
Un enfant, bien humain,
Ingrate y est nature,
Y mourut de faim.

Du vrai patriotisme, etc.

Le Soldat Français.

HYMNE GUERRIÈRE.

J'ai vu la tyrannie,
La loi du bon plaisir,
Débonder en furie,
Son joug appesantir;
J'ai regardé le Louvre,
Ses sales amusemens,
A la luxure s'ouvre,
Ses honteux passe-tems.

Je vis la Bastille,
Où le masque de fer,
D'une royale famille,
Y mugit comme la mer,
J'y vis ce que l'on renomme,
Pauvre en son palais,
Je n'y vis pas un homme,
Pas même un Français.

En un champ de victoire,
Sont—ils triomphans?
Viens, Roi de gloire,
Aux drapeaux éclatans,
Il tient haut sa tête,
Louis le plus grand des Bourbons,
Il a un air de conquête,
Toute l'ame de Platon.

C'est une belle époque,
Pour le brave soldat.
De l'ennemi il se moque,
En héros, il se bat.
Couvert de poussière,
Il court au premier signal,
Dans son ardeur guerrière,
Le combat est son régal.

Oubliant son courage,
Nous tombons sous le régent;
La honte, à son visage,
Il oublie son serment.

La honteuse licence,
Avec la prostitution,
Leur règne commence
Ainsi que l'irréligion.

Adieu des Bourbons la race,
Maintenant, peuple, viens,
Allons, règne en sa place,
Sa faible couronne tiens.

Enfant de la noblesse,

Tu l'emportes en valeur,

Tu n'as plus de faiblesse,

Des grands, tu n'as plus peur.

Toi, garde citoyenne,

Toi, soldat français,

Que toujours il te souvienne,

De ne pas commettre de forfais.
Le lion de l'antique,

Jamais il ne s'enfuit,

Détrôna la république,
Des armées il défit.

Le Lit de ma Maîtresse.

J'étais dans la vague idée,

Auprès d'une jeune beauté,

Sans fixe pensée,

Et j'étais enchanté.

J'aime le mystère,

Surtout quand il est minuit,

Il est facile de plaire,

On est si bien dans le lit.

Le meuble est antique,

Que la révolution, plus vieux,

Mais je suis en extase magique,

De plus très amoureux.

Aisément, je m'extasie,

Admirant ses attraits,

Faisant la chose jolie,

Et m'énivrer de ses attraits.

Nous fûmes saisis par Morphée,
Je m'endormis, sur son sein,
A côté de ma bien aimée,
Et je prends sa jolie main.
Je crus avoir un songe,
Le lit se défaisait,
Je riais, quand j'y songe,
Et tout sur nous se brisait,

Voilà que je me réveille,
Et que sur le moment,
Tout tombe, sur ma merveille,
Il fut réalisé l'accident.
Mais qui pensait à sa grâce,
Voulant encor la voler,
Je n'eus que le temps, sur sa face,
De lui ravir un baiser.

Mon Cher Ami.

Je suis dans la rue,
Quand on me prend la main,
Une personne inconnue,
Arrête mon chemin :
Tu es introuvable,
On ne te voit plus,
Me dit, d'un air aimable,
Celui que je ne connus.

Me nommant son intime
Et son tendre ami,
Je cherchais une rime
Sur un objet chéri.
En vain je m'en débarrasse,
Je m'esquive au Boulevard,
Il me salue, m'embrasse
D'un accent goguenard.

Toujours, il me rattrape,
M'invite à dîner,
Sur le dos il me tappe,
Le moyen d'en échapper :
Manger avec un être
Que je ne connais pas,
Je veux l'envoyer paître,
Refuser son repas.

Nous voilà à table,
Chez le restaurateur,
De plus d'un met délectable,
Il m'empâte, à contre cœur.
Il m'enlève, au spectacle,
C'est à l'Opéra,
Le lien, le resceptacle,
Des grâces qu'on étala.

Enfin, il me quitte,
Il me dit : adieu ;
Du supplice je suis quitte,
Quel bonheur, mon dieu.

L'espèce est commune,
Surtout à Paris,
Fuyez la langue importune
De ces trop chers amis.

Un Pique Assiette.

Je connais le pique-assiette
Avec son air pincé, fat,
Menant sa vieille conquête,
Son regard faux comme un chat.
Hérissé de ridicule,
Dans ses poches jamais rien,
Il tremble, toujours il recule,
Sans esprit, sans moyen.

Sentant la canaille,
Un beau semblant de duel,
Il ne fait rien qui vaille,
Il se prétend l'universel,
Trouvant tout le monde
Laid, vieux, lui excepté,
Il parle de la brune, de la blonde
Qu'il n'a jamais captivé.

On lit dans l'Écriture :
Les cieux sont aux pauvres d'esprit ;
Si la chose est bien sure ,
Il peut y être introduit.
Il nous accuse de folie ,
Lui, l'enfant de Charenton ;
Il prêche au désert , c'est sa manie ,
Car il est privé de raison.

Les Temples et les Eglises

Tout est mystère
Chez les Anciens ;
Il régne l'austère,
Sont sacrés tous leurs biens.
Leur troupe immortelle
Est peuplée de dieux ;
Elle se croit éternelle,
Ils sont tous amoureux.

L'on dit : silence,
Portez de l'encens ;
La fête commence,
Des brebis, des présens.
Faites une hécatombe,
La hache en main ;
La victime tombe :
C'est pour le bien divin.

On célèbre la fête
Du vert Eleusis,
Le bandeau en tête,
C'est le grave Iphis.
Il fait le sacrifice
Pour la Divinité,
Il prie la justice
Avec la Piété.

Ils font de l'orgie,
S'énivrent au banquet
Avec femme jolie
Et plus d'un bon met.
C'est Hébé la charmante,
Qui le nectar sert;
Vénus la délirante,
D'un nuage couvert.

Courent ces bacchantes,
Bachus le joyeux;
Elles sont hurlantes,
De l'amour vineux.

Ecoutez, montagnes,
Orphée le divin
Chante les campagnes,
Et de son luth soudain.

Naquit en Grèce
Socrate, esprit fort;
Son ame, de sagesse,
Le condamne à la mort.
Philosophie antique,
En ce dieu seul tu crus,
Tu fis ta république,
Brisant dieux prétendus.

Entrant dans le temple,
On renverse un jour
Ce dieu qui se contemple,
Cupidon, le dieu d'Amour.
Adieu la belle idole
Adorée du payen,
Qui des bœufs immole;
Paraît le chrétien.

Conduit sur un nuage ,
Le fils de Dieu, le Christ ,
Montre son visage :
L'anime le Saint-Esprit ;
Elève une église.
Au lieu de profanateur ?
L'on y a l'ame soumise,
Et tout est dans le cœur.

La divinité véritable
Est portée avec onction ,
Elle a l'air aimable,
Pleine de religion.
Le sacrifice inutile
Où tout est sanglant,
Notre Dieu tranquille
Préfère l'œil suppliant.

Le Poëte et l'Écrivassier.

Mon domestique qui sonne :
Je suis occupé, on n'entre pas ;
Je n'y suis pour personne :
Il fait retentir ses pas.
Je ne connais ce petit bonhomme,
Qui dit faire des vers ;
Gros comme l'atôme,
Salut au roi de l'Univers.

Il m'étale un drame
Dont il se prétend l'auteur ;
Il est sec comme son âme,
Et il n'en est que le copieur.
Il fait semblant d'être en verve,
Il a de la soit-disante originalité,
Son style est faux et sévère ;
Et son esprit renversé.

Moi, homme de génie,
Il vient me déranger ;
Moi, dont l'ame s'est sentie,
Je vais te martyriser.
Je sais saisir le ridicule,
Comme les poètes je suis bon ;
La plume en main on recule,
A la porte, chien, sans façon.

Petit poète sans lettre,
Mauvais auteur manqué,
Je ne sais où te mettre,
Monsieur, à l'immortalité.
Moi qui crois en la gloire,
Qui dans ma barbe ris,
Qui aux fats ne veux croire,
Parceque je débonde d'esprit.

Un Poëte

MOURANT DE LA POITRINE.

Mon ame s'exale,
Mon imagination
Maintenant est pâle,
S'en va en inanition.
Souffrant de la poitrine,
Je sens que la mort
Souffle son aile divine
D'un terrible transport.

Près de moi une mère
M'encourage, m'enhardit.
Combien je la vénère :
Des mots doux elle dit.
En cachette elle pleure
Son unique enfant ;
A sa place qu'elle meure...
Quel tableau touchant !

Quitter la poésie,
Lui qui fit si bien les vers;
C'était pour lui la vie :
Adieu bel univers.
Il se sentit poète,
Un cœur tout de feu;
Brûlante fut sa tête;
Don de la divinité, adieu.

Il faut, la fille d'Ève,
Pour pouvoir l'animer;
On sent qu'on s'élève :
Il est si doux de la chanter.
Celle-là est bien belle,
Il est un amoureux;
C'est un parfait modèle...
Qu'il sont noirs ses grands yeux !

Le râle approche,
Là, tout près, le trépas,
Solide comme la roche,
Accélère ses pas.

La chose est bien dure ,
Quitter l'auteur de ses jours ;
Avec peine elle l'endure ,
Et déchire ses atours.

Vient l'heure funèbre,
Regardez donc quelle fin ;
Il aurait été célèbre,
Abattu par le pouvoir divin.
Vous mettrez sur ma tombe ,
Dit-il, se levant en sursaut,
Qu'un regret un jour y tombe :
Il prononça ces mots haut.

Le Réveil du Peuple.

En France l'esclavage
Avec ses fers régnait ;
Gémissant de servage,
Le peuple dormait.
Couché sur la dure,
Sous de pesans fardeaux,
Patiemment il endure
Toute espèce de maux.

En secret je vois : il pleure,
Il gémit contre les tyrans ;
N'est pas venue l'heure
De briser leurs jougs sanglans.
On dit qu'il sommeille,
Le peuple Français :
Craignez qu'il s'éveille
Dans un jour de succès.

S'élançant dans la nue,
Semblable au lion,
Le voilà qui se rue,
Se précipite sur leur canon.
On conduit le roi de France,
Un jour de froid soleil;
Fut consommée la vengeance,
C'est du peuple le réveil.

Terrible en sa colère,
Le peuple bondit;
L'insolence il ne tolère,
Par ses yeux il s'instruit.
Il établit la République,
Singeant le Romain;
Jusqu'à la vertu antique,
Qu'il posa par sa main.

Il vint, le grand modèle,
Détruisant la liberté;
Son ame pure et belle
S'ennoblit de fierté.

Ses admirables annales
Sont pleines de souvenirs,
Les destinées fatales
Le forcent à mourir.

De Saint-Louis la famille
S'asseyent les Bourbons ;
Leur graine fourmille,
Il en sort des cornichons.
Leur Cour somptueuse,
Se remplit de sots brillans,
Leur race peureuse
Dura pendant quinze ans.

Réparant leurs fautes,
Le peuple, en trois jours,
Leva les épaules hautes,
Brisant leurs vains atours.
Il remporta la victoire,
Plein d'un saint transport :
Appuyé sur sa gloire,
Le peuple jamais ne dort.

Cinq cent mille âmes,
Cela peut contenir;
De jolies dames
Invitent au plaisir.

Belles sont les Romaines
Au visage idéal;
Dans le cœur, républicaines,
Leur amour fait mal.

VERS.

Écoutez, l'on commence:
Sortent les animaux
Qui, l'un vers l'autre s'élancent,
Rugissent leurs naseaux.
Voyez-vous ces esclaves
Nuds, en gladiateurs,
Combattent avec courage:
On leur dit: meurs.

Quand les sept collines
Virent César qui se salit ;
Le front d'Auguste en ruines ;
Ils disent : tout s'accomplit.
La Liberté en guenilles,
Que l'Empereur étouffait,
Anima bien des familles,
De ses cendres renaissait.

Depuis que les pierreries,
Le marbre et l'or
Se virent bien chéries,
Adieu, liberté, mon trésor.
Des honneurs lâches
Il y a peu, à l'échafaud,
C'est caché du sang, les tâches,
Le front bondit tout chaud.

Il n'est plus reconnaissable,
Christ, qu'es-tu devenu?
Tu as l'air d'un coupable,
Oh! antique vertu.

Déchu de sa puissance,
Il sert à la religion,
Un Pape d'arrogance
Y prostitue l'absolution.

Orné de vieilles reliques,
De plus objet, dit saint,
Au lieu, où les Républiques,
Le char triomphant fut craint,
Un semblant de prière,
Un sermon assaisónné,
Piaule, le front sur terre,
On y a sommeillé.

Quatre jours hors Barrière.

Enfin me voici hors la barrière,
A la porte j'ai déposé tout mon chagrin
Tout jusques à mon humeur sévère,
Paris, ce paradis, je quittai ce matin.
M'égaye la riante campagne,
Nous étions au mois de Mai amoureux,
A l'époque où du rossignol la compagne,
Béquette son ami d'un air voluptueux.

Viens, tu es mon ami, temps poétique,
Ciel sans nuages, tu es mon consolateur,
Firmament mêlé de plus d'une étoile magique,
Le soleil m'échauffe, me donne du bonheur,

Après avoir passé de St-Denis la grande plaine,
Nous quittâmes à Leloup, gentil hameau,
Non loin des souvenirs de Condé la belle Morfon-
(taine,)
Endroit arrosé par une limpide eau.

Nous quittâmes le matin Leloup le village,
Nous passâmes à Morfontaine, la forêt,
S'y déployait plus d'un gai paysage,
Embaumant partout de muguet.
Plus loin un chemin de mouvant sable,
Ici des arbres le vert coup d'œil,
On dirait la nature inconstante, peu stable,
Dieu souffle sur nous, confond notre orgueil.

Nous entrons dans Morfontaine, l'édifice,
Alors des Condés, valeureux, le castel,
Riche, magnifique est le frontispice,
Le grand Condé y marcha plus qu'un mortel.
Le parc a de belles eaux, est pittoresque,
Possède, peut avoir quinze cents arpens,
L'intérieur du château a du mauresque,
A l'extérieur du terrain, les mouvemens.

Le lendemain arrivé à Ermenonville,

Ici le souvenir , château du grand Henri ,

Là celui de Rousseau que le malheur exile ,

Henri , la France t'a chéri.

Le rapport entre deux grands hommes ,

Elle rend content, quel génie étonnant,

Ta muse encore tu le renommes,

Ils sont nés tous deux à un temps si distant.

Vous voyez là-bas la tour de Gabrielle ,

Où Henri IV lui donna son premier rendez-vous ,

Est minée sa vieille tourelle ,

Elle rappelle des objets bien doux.

Le bonheur s'enfuit, s'envole,

Du désert , du tombeau , de l'âme de Rousseau.

Comme le papillon qui est poursuivi par une fem-
(me folle ,)

La félicité s'en va, dans sa cabane où il fit l'émile
(beau.)

Avec malheur, Dieu y ajouta ce génie,

Nous courûmes à Chantilly , ville du Condé ,

Nous admirâmes la superbe écurie,
L'intérieur du château est plein de beauté,
La belle chose le château de la reine Blanche,
Des lacs, la forêt, sont tous bien jolis,
Là la violette, à la rose se penche,
Nous en fûmes tous surpris.

Adonis.

J'aime cet heureux mélange,
D'Adonis, avec la belle Vénus,
Ce charmant regard d'ang es
Qu'on dit vrai avec Bacchus.
A l'amour, je suis sensible,
Je mis tout en feu, oh ciel,
Pour moi, il n'est plus possible,
Cela devient doux, comme du miel.

Le sexe se met quelque fois en homme,
Alors, ça nous a quelque chose de polisson,
Et la femme que l'on renomme,
Vous égare sous le cotillon.

Je ne connais rien de plus joli,
Q'une femme, quand c'est nu,
Elle augmente ma frénésie,
On est troublé, quand on l'a vu.

Vous connaissez la belle maîtresse,
Du presque aussi beau qu'elle, Adonis,
L'enivre de ses tendres caresses,
Et de ses deux yeux, l'aimable souris.
Celle-là en homme ou en femme,
Se change à toute volonté,
Et dans son ardeur extrême,
Obéit à la voix de la volupté.

En homme, tout-à-coup se métamorphose,
Elle cède à une fête, l'attrait,
Vénus s'assied alors sur un char de roses
Enfonce dans les cieux plus d'un trait.
C'est une véritable hermaphrodite,
Dans l'amour prend toutes les positions,
A cet art profond est plein de mérite,
L'âme remplit de sensations.

Quand de l'amant elle a émue
Alors se met dans le simple appareil,
Vénus à Adonis donne la vie,
Elle est radieuse comme le soleil.
De l'homme elle prend la place,
Elle est dans un libertin lit,
Etale sa délirante face,
Avec Adonis passe la nuit.

Vénus est bonne et gentille,
Homme femme, en même temps,
Volontiers, elle s'habille,
Vous fait passer de délirants passe-temps.
Ce n'est plus une dame,
Elle est du sexe masculin,
Il y a du feu dans son âme,
C'est un double d'humain.

Devine moi ce fin mystère,
Lecteur adroit, galant,
Toi qui hante le temple de Cythère,
Tu ignoreras son nom charmant.

J'aime à entourer d'une enveloppe,
Ce qu'il y a de mystérieux,
Ces formes qu'elle ne développe,
Tu deviendrais trop curieux.

Le temps effaça Rome.

Rome tire son nom de la force,

Elle eut des rois, Romulus le premier,

Plus tard , verdit son écorce ,

De la sanglante liberté , et le laurier.

Eclate à Rome , une révolte ,

C'est au milieu du corps du Sénat ,

Fut tué Romulus , à la main forte ,

Et les Romains portent son corps sous leurs bras.

Elle s'agrandit cette noble ville ,

Par la république du consul Brutus ,

En grandeur d'âme , bien forte , fertile ,

Qu'elle fut belle , la mort de la fille de Virginius

A cette époque, chose publique,
Tout se passait au grand jour,
Ce fut la plus belle république ;
Point de miel apprêté d'une sale cour.

Camille de Rome l'on expatrie,
S'avancent la nuit, les Gaulois,
Sa faute l'on répare, l'on expie
De la gloire on lui confie les lois.
La cité sainte allait se vendre
Son char de victoire pour de l'or,
Ou bien, aux combats se rendre,
Elle sentit qu'elle valait plus qu'un trésor.

On fait le même outrage,
Il dit adieu à Rome Coriolan
Chez les Volques portant son courage,
L'on l'éloigne pour plus d'un an.
Vient du Sénat l'assemblée austère
Près du grand vainqueur est en suppliant,
Personne ne peut résister à une mère,
Il revient ses ennemis se vengent en le tuant.

Pour la postérité beau est l'exemple,
La mère des Gracchus ponr bijou acquiert
Ses enfans que tel le diamant elle contemple,
Et, qui de son amour les a couvert.
Allons, montons au Capitole,
Remercions de nos conquêtes les Dieux.
Avec Scipion, l'on vole,
L'on oublie tout dans des jours heureux.

La liberté s'assied sur son trône,
Nous accabla d'un grand bonheur,
Le peuple de sa colère résonne,
Lève son front sur celui de l'usurpateur.
Un jour, dans son crâne il s'enivre,
D'une coupe le voilà qu'il en fit
Dans l'égalité s'abreuve, pour elle expire,
Tant qu'il s'y délectéra l'immortelle fleurit.

Se glorifia le siècle d'Auguste,
Mécènes, Horace, Virgile gens de talent,
L'immortalité, levra de plus d'un buste,
Ovide, Senèque, Cicéron, l'homme éloquent

Rome changea , devint de marbre ,
Sur ses aîles , s'enfuit la liberté ,
Se noicit son antique arbre ,
Dans les édifices , voyant trop de beauté.

Des Francs , Visigoths, Germains qui la foule ,
Attila approche avec son étendard ,
A Rome sur son char qui roule ,
Pour venger sa patrie , il est déjà trop tard.
Florentine évêque de Rome ,
Ce fut leur simple et vrai nom ,
Enfin , le Pape que d'infamie on renomme
Qui outragea et falsifia la religion.

Une Tyrolienne.

Berce-toi de ma romance,
Arrête, chanteur du Tyrol,
C'est celle de ton enfance,
Toi qui des monts gravis le sol.
Enfant des belles montagnes,
Écoute toujours ma voix,
Toi qui fatigues les montagnes,
Qui le gibier met sous tes lois.

Allons, cours, Roi de la chasse,
C'est le plaisir des rois, c'est le roi du plaisir ;
Les animaux de sa force il embrasse,
Et les regarde qui vont mourir.

Les voyez-vous sur leur proie,
Quand ils ont du beau gibier,
Se précipiter, serrer avec joie,
Y essayant leur agile limier ?

Un chasseur vient de quitter sa patrie,
Il lui dit adieu, pour jamais, ce matin
Jeune délaisser la chérie ;
Cela n'est pas sans quelque chagrin.
Son ame n'en fut pas tranquille,
Depuis il n'eut plus de bonheur,
Comme il regretta sa ville ,
Répandant des larmes le chasseur.

Il regarda les murs de la capitale,
En arrière se retourna ,
De sa vue un instant se régale ,
Avec religion la salua.
Il pensait à sa jolie fiancée
Qu'il aimait, adorait tant ,
Qui à l'autel devait être menée,
Qui avait l'anneau charmant.

Cependant le fusil en bandoulière
Il l'a bien fallu, il partit,
Il s'est dit : feignons l'allure fière,
Et le malheur en lui retentit.
Voyageant de colline en colline,
Partout il porte ses pas,
Avec souci son compagnon chemina,
Il ressent plus d'un facheux embarras.

Expire la petite chansonnette,
Qui jadis le charmait bien,
En songe croit voir son amourette,
S'éveillant ne la touche en rien.
Le chamois, le lièvre, la biche
Qui passent, son fusil est rouillé,
Son amorce sur eux ne leur fiche,
De leur sang il n'est plus souillé.

Un jour, il est assis sur un précipice,
Aperçoit un cadavre sur le bord ;
Dieux ! tremblez à l'injustice !
C'est sa fiancée qu'il remarqua d'abord.

C'est un ours qui dans sa furibonde

Rencontra, tua son amour,

Venant partager la plus profonde,

La douleur de celui dont elle dévançait le retour.

Suite il se retira dans une grotte,

Déchira ses cheveux, ses vêtemens,

Se fit un lit avec des herbes, la motte;

L'œil fixe, pâle, sans soulagemens.

Un soir, il s'approcha de sa cellule,

C'était une femme âgée, un garçon,

Il les regarde, un instant hurle!

C'est la mère, son enfant, il réndit le dernierson.

La première fleur du printems.

Soyez gai , s'est tu l'orage ,
Remplacé par le printemps joli ,
Jetant son triste visage ,
Parait l'odorant muguet épanoui.
L'hiver, de sa neigeuse de robe,
Voyez-vous a dépouillé ,
Entendez-vous l'antique théorbe ,
Par le Ménestrel cadencé ,

C'est la rose la plus coquette ,
Et la plus aimable des fleurs,
Se pavane, telle une conquête ,
Inonde de sa rosée de pleurs.

Allons, que les fleurs tous cueillent,
Tremblez, n'approchez pas,
La beauté, la rose s'effeuillent,.
Elles passèrent toutes deux au trépas.

Faisons un religieux silence,
C'est le dernier ménestrel,
Sa lyre à sa voix est en cadence,
Ses sons sont suaves plus que mortels.
Il chante l'aimable chévalerie.
Jérusalem, les explois des preux,
Tout ce qui enchante la vie,
La force, le courage valeureux.

Si, dans ces verdoyans, et sombres mystères
Gazouillent les enfans des bois,
Se font retentir dans les soirées solitaires,
Toutes espèces d'oiseaux, et sans abois.
Le charme est dans la forêt primitive,
Le Rossignol, Dieu du chant, Roi des amours
Enchante le soir de sa voix vive,
A ses petits prodigue ses soins sans cesse, toujours.

L'été régne dans le désert la cavane ,
C'est surtout dans le riant Brésil ,
La volatille s'égaye , se pavane ,
Et que le ciel n'a pas un noir soucil.

C'est là que le Bengal, le Serin déborde ,
Chut, ils célébrent en unisson ,
La juste harmonie s'accorde ,
Avec de jolis gosiers le charmant son,
Toujours aimable est leur visage
Ne prévoyant jamais leur mort,
C'est à qui aura le plus beau plumage,
Pour le chant sont plus de transport,

Le plus délicat c'est l'oiseau mouche ,
Nommé aussi par buffon le Colibri,
Qui avec sa femelle en chantant se couche,
Qui s'éveille en chantant par un gentil cri
Dans cette contrée où tout abonde ,
La nature enfante avec plaisir,
Dalias, Tulipes, Jasmins, de sa main féconde ,
Embaument, parfument ou vont fleurir.

Là se rentrelace et s'épanche,
Les espèces qui croissent à vue d'œil,
Lilas de Perse et la rose blanche,
Ce mélange nous fait un doux accueil,
L'oeillet, la gueule de loup ; la marguerite
Offrent, sont stimulans d'appas,
Chaque fleur possède son mérite
Une bonne odeur parfume vos pas.
J'eime la fleur première,
C'est la violette qui croît au printemps
Emblême de la modestie, don de la terre,
Telle la beauté n'a duré qu'un temps.

Une Femme de ma création.

Je forme une créature,
De mon ardente imagination,
Belle, comme la nature,
Surpassa celle de Pygmalion.
J'aime les plus volupteuses,
La femme qui vous fait .....
Honneur aux plus amoureuses,
Qui, le baromètre vous fait monter.

Refrain.

Que dirais-tu, d'une femme qui ....
Quand son amant elle fait jouir,
Quand sur le lit on la jette,
Qu'elle nous cause du plaisir?

Je déteste les bégueules ,
Celles qui ne vous embrassent pas ,
Elles ont l'air de faire leurs gueules ,
Affectent un embêtant embarras.
A bas , les femmes qui sur la chose ,
Ne sentent pas le moindre amour,
Qui n'épanchent pas la fleur de leurs roses,
Qui n'ont pas Cupidon, en leur séjour.

Refrain.

Mais je l'avoue, j'adore ,
Ce trop aimable péché,
Le faire , le faire encore ,
Avec la jeune , la jolie beauté.
J'aime à prendre les formes ,
Dans ce tendre, ce désiré moment,
Elles ont quelques appas conformes,
L'homme a l'air heureux, content.

Refrain.

Remarquez le profond silence,
Quand chacun des deux jouit ,
Comme le regard hardi s'élance ,
Et la volupté se produit.
Je ne hais pas les belles fesses ,
Ni des boutons de roses sur un sein ,
Ni un pied mignon, ni les caresses,
Ni d'un mystérieux endroit, le chemin.

Refrain.

Ce sont des vraies filles d'Éve ,
Que le sexe enchanteur ,
Leur robe doucement elles lèvent ,
Pour vous enivrer le cœur.
J'ai un faible pour les plus jolies ,
En poéte, je suis bien amoureux ,
J'ai souvent des dames envie ,
Une femme m'allume, cusume mes feux.

Refrain.